KB144843

해방자
# 신데렐라

**CINDERELLA LIBERATOR**
by Rebecca Solnit



Illustrations based on Arthur Rackham's paintings appearing in the 1919 edition of *Cinderella* and the 1920 edition of *Sleeping Beauty*, both published by William Heineman, London, and J. B. Lippincott Co., Philadelphia.

Cinderella Liberator

# 해방자 신데렐라

리베카 솔닛

아서 래컴 그림 홍한별 옮김

반비

1

# 신더

The Cinders

옛날 옛적에 신데렐라라는 소녀가 살았어. 신데렐라라는 이름에는 이런 뜻이 있어. 장작이 거의 다 타서 꺼져 가는 깜부기불을 '신더'라고 하거든. 신데렐라는 저택의 부엌 벽난롯가에서 잠을 잤는데, 그러다 보면 신더에서 불똥이 튀어 옷에 구멍이 나곤 했어. 옷이 낡고 너덜너덜해졌고 그래서 이런 이름으로 불리게 된 거야.

신데렐라는 하루 종일 부엌에서 요리를 하고 빨래를 해야 하는 데다가 따로 자기 방이 없었기 때문에 부엌 벽난로 옆에서 잠을

잖어. 새어머니는 신데렐라에게 종일 부엌일을 시켰어. 사실은 모든 식구들에게 충분히 돌아갈 만큼 살림이 넉넉했고 일도 나눠서 할 수 있었지만, 새어머니는 모든 사람이 모든 것을 누릴 수는 없다고 생각했기 때문에 신데렐라에게만 일을 시켰지. 새어머니는 자기 친딸인 펄리타와 팔로마는 뭐든 아주 많이 누리기를 바랐어. (하지만 신데렐라에게나, 펄리타나 팔로마에게 어떤 것을 원하느냐고 묻는 사람은 아무도 없었지.)

신데렐라는 가끔 슬퍼졌고 밖에 나가 다른 아이들과 놀고 싶기도 했어. 가끔은 시장에 가서 닭 키우는 아주머니한테서 달걀을 사고 사과 농부에게 사과를 사고 낙농업자에게 우유를 사고 하는 게 즐겁기도 했어. 가끔 사과, 우유, 달걀하고 밀 농사를 짓는 농부에게 산 밀가루를 가지고 케이크를 만들 때에는 재미있었어. 가끔은 멀리 도망가고 싶었는데 어디로 가야 할지 알 수가 없었어. 가끔은 아주 피곤했어.

어느덧 신데렐라는 요리를 아주 잘하게 됐어. 시장에서 물건을 파는 사람들과 얼굴도 익혔고. 기운도 세고 솜씨도 뛰어난 요리사가 되었지. 펄리타와 팔로마는 2층에서 옷을 입어 보고 머리를 꾸몄지만 집 밖으로 나가지는 않았어. 어머니가 이 마을 사람들은 너희가 상대할 만큼 신분 높은 사람들이 아니라고 말했기 때문이란다.

# 2

# 드레스와 말

Dresses and Horses

그러던 어느 날 국왕의 아들인 네버마인드 왕자가 대규모 무도회를 연다는 소식이 들려왔어. 무도회란 댄스파티와 비슷한 말이야. 새어머니는 펄리타와 팔로마의 초대장을 받아 냈어. 펄리타와 팔로마는 종일 옷을 입어 보고, 재봉사에게 새틴과 벨벳과 반짝이로 새 드레스를 더 많이 만들어 달라고 주문하고, 머리를 어떻게 올리고 보석과 장신구와 조화를 머리에 어떻게 꽂을지 연구하면서 나날을 보냈어.

신데렐라는 펄리타와 팔로마에게 생강 쿠키를 가져다주러 2층에

올라갔다가 온갖 보석과 수없이
많은 거울과 산더미 같은 옷감과
온통 난리법석을 보았어. 펄리타는
머리카락을 최대한 높다랗게 쌓아
올리려고 애를 쓰고 있었어. 세상에서
가장 높은 머리 모양을 하면 틀림없이
세상에서 가장 아름다운 여자가 될
테고, 그러면 가장 행복한 사람이 될
거라고 펄리타는 말했어.

팔로마는 드레스에 리본을 잔뜩
꿰매 달고 있었어. 세상에서 가장 화려한 드레스를 입으면 세상에서
가장 아름다운 여자가 될 테고, 그러면 가장 행복해질 거라고 생각했기
때문이야. 펄리타와 팔로마는 자기들보다 머리를 더 높게 올리거나,
아니면 리본을 더 많이 단 사람이 있을까 봐 걱정이 되어서 행복하지가
않았어. 아마도 그런 사람이 있을 테니까. 보통은 늘 그런 일이 일어나.

그런데 사실 세상에서 가장 아름다운 사람이란 있을 수가 없어.
왜냐하면 아름다움에는 여러 종류가 있거든. 어떤 사람은 둥글고
부드러운 선을 좋아하고, 어떤 사람은 날카로운 선과 단단한 근육을
좋아하니까. 어떤 사람은 사자 갈기처럼 굵은 머리카락이 좋다고
하고, 어떤 사람은 잉크를 쏟아부은 듯 차르르 흘러내리는 가는
머리카락이 좋다고 해. 또 어떤 사람은 누군가를 너무 사랑한 나머지

어떻게 생겼는지는 눈에 들어오지도 않는다고 하지. 어떤 사람은 별이 가득한 밤하늘이 세상에서 가장 아름답다고 하고, 어떤 사람은 눈 내리는 숲이 가장 아름답다고 하고, 또 어떤 사람들은…… 사람은 많고 아름다움에 대한 생각도 저마다 달라서 다 이야기하기도 힘드네. 사랑도 마찬가지야. 누군가를 진심으로 사랑하면 그 사람이 그저 사랑스럽게만 보이는 거란다.

신데렐라도 무도회에 가고 싶었지만 여기저기 기운 데다가 군데군데 구멍이 난 옷 말고는 입을 옷이 없었어. 게다가 초대도 받지 못했고.

파티에 초대받지 못하는 것보다 속상한 일은 없을 거야.

드디어 무도회 날이 되었어. 신데렐라는 2층에 올라가 펄리타와 팔로마가 머리에 장식을 달고 화려한 드레스를 입는 것을 거들었어. 드레스가 어찌나 길고 꽉 끼는지 그 옷을 입고는 개를 쫓아 달리거나 울타리를 타 넘지도 못하겠더라고. 펄리타와 팔로마는 자기들이 아름다운지 확신할 수는 없었지만 아름다워지면 행복해질 거라고 철석같이 믿었어.

언니들은 집 마차에 집에서 기르는

말을 매고 무도회장으로 떠났고, 신데렐라는 부엌으로 내려왔어. 부엌은 쥐 죽은 듯 고요했어. 신데렐라는 불가에 앉았어. 슬픈 생각도 들고 쓸쓸하기도 해서 불을 바라보면서 눈물 세 방울을 흘렸어. 집 안이 어찌나 조용한지 눈물방울이 재 위에 떨어지는 소리가 똑똑똑 들렸어.

"누가 날 좀 도와줬으면 좋겠다."

신데렐라는 조용한 부엌에서 소리 내어 말했어.

갑자기 부엌문을 두드리는 소리가 들렸어. 신데렐라가 삐걱거리는 큰 문을 열었더니 문가에 조그맣고 파란 여자가 서 있었어. 넉넉한 치마를 입고 뾰족한 모자를 썼고, 코는 크고 손가락은 옹이 진 파란

나뭇가지처럼 생겼는데 그 울퉁불퉁한 손으로 지팡이를 쥐고 있었어.

"뭐 도와드릴까요?"

신데렐라가 묻자 작고 파란 여자가 말했어.

"내가 널 도와주러 온 거야! 나는 네 대모 요정이야. 성에서 열리는 무도회에 가고 싶지?"

"네."

신데렐라가 말했어.

"그럼 가게 될 거다."

대모 요정의 목소리는 유리컵에 우유를 따르는 소리나 비둘기의 날갯짓 소리처럼 들렸어.

"타고 갈 것이 필요하겠지. 호박 밭으로 가서 호박을 하나 가져와."

신데렐라는 대모 요정이 하라는 대로 부엌문으로 나가 캄캄한 텃밭에서 커다란 주황색 호박 하나를 땄어. 자기 힘으로 들 수 있는 가장 큰 것을 골랐지.

• ◆ •

대모 요정이 지팡이를 흔드니까 호박이 유리로 만든 마차로 바뀌었어. 보름달이 뜬 밤이라 마차가 달빛을 받아 눈부시게 반짝였지. 달빛을 받은 마을도 푸른빛과 검은 벨벳 같은 어둠으로 물들어 마치 마법 세계처럼 보였어. 유리 마차에 둥근 달이 비쳤어.

"와."

신데렐라는 감탄했지만 속으로는 이런 생각도 들었지.

'마차가 있어도 말이 없으면 소용이 없는데.'

대모가 신데렐라의 속마음을 읽기라도 한 것처럼 이렇게 말했어.

"쥐덫에 잡힌 생쥐 여섯 마리를 가져오렴."

신데렐라는 대모 요정이 대체 뭘 하려는 걸까 궁금했지.

상자처럼 생긴 쥐덫은 생쥐가 안에 넣어 둔 치즈 냄새를 맡고 들어가면 다시 제 발로 나올 수가 없는 구조야. 신데렐라는 생쥐가 쥐덫에 걸리면 쥐덫을 들고 강가로 가서 풀어 주곤 했어. 그러면 신데렐라가 구운 빵이나 케이크를 축내지 않을 테니까. 오늘은

신데렐라가 부엌 문가에서 생쥐를 놓아 주었더니 대모 요정이 파란 팔을 휘둘렀어. 그러자 생쥐의 조그만 다리와 동그란 몸통과 기다란 꼬리가 변하기 시작했어.

다리와 목이 죽 늘어나고 앙증맞은 발과 조그만 발가락은 단단한 말발굽으로 바뀌고 보드라운 털은 매끈해지고 둥글던 등은 오목한 모양으로 휘어졌어. 찍찍거리며 바르르 떨던 생쥐들이 눈 깜짝할 사이에 회색 얼룩무늬 말 여섯 마리로 바뀐 거야. 갈기는 검은색이고 꼬리는 검은 강물처럼 출렁이고 검은 주둥이는 벨벳처럼 부드러웠지. 까맣고 둥근 눈과 뾰족한 귀는 생쥐일 때와 똑같았지만 긴 수염은 사라졌어. 아주 활기 넘치는 말들이라 어서 달리고 싶다는 듯 발을 구르고 콧김을 힝힝거리고 꼬리를 흔들고 머리를 치켜들었지.

신데렐라는 입이 떡 벌어졌어.

“이제, 마차를 몰 사람이 필요한데.”

대모 요정이 말했어.

“큰 쥐덫을 가져올게요.”

신데렐라가 말했어. 큰 쥐덫 안에 커다란 회색 쥐 한 마리가 있었는데, 대모 요정이 파란 팔로 검은 지팡이를 한 번 더 흔들자 쥐는 더 이상 쥐가 아니었어. 은회색 곱슬머리에 아름다운 하얀 벨벳 제복을 입고 벨벳 모자를 쓴 여자 마차꾼이 그 자리에 서 있는 거야. 마차꾼은 고개를 숙이며 말했어.

“안녕하세요, 아가씨.”

“이제 마당에 가서 도마뱀 여섯 마리를 잡아 와.”

신데렐라가 도마뱀을 잡아 화분에 담아 오자 또 한 차례 지팡이가 돌아갔고, 여자 말구종 여섯 명이 눈앞에 나타났어. 모두 은색 새틴 바지와 재킷을 빼입었지. 말구종들이 바로 말을 마차에 매기 시작했어.

“세상에. 그런데, 도마뱀들이 말구종이 되고 싶었을까요?”

신데렐라가 말했어. (말구종은 마차의 앞뒤에 서서 아주 중요하고 바쁜 마차처럼 보이게 만드는 역할을 하는 사람들이야. 마차 문을 여닫고 편지를 전달하고 가끔 작은 황금 나팔을 불어 마차가 도착했다고 알리기도 하고 마차가 섰을 때 말고삐를 잡는 일도 하지.)

“동물들이 오늘 밤은 기꺼이 너를

도와줄 거야. 너는 쥐약도 안 놓고 덫을 놓더라도 쥐가 다치지 않는 덫만 놓잖아. 상추나 산딸기를 따러 텃밭에 가면 도마뱀한테 늘 웃으며 인사했고."

"마차가 정말 멋있어요. 하지만 누더기 옷을 입고 갈 수는 없어요."

신데렐라가 말했어.

"무슨 누더기 옷?"

대모 요정이 말하더니 낄낄 웃으며 지팡이를 휘둘렀어. 지팡이는 사실 요술봉이거든. 이런 때에는 특히 파란 피부의 대모 요정 노릇이 아주 신이 나지.

신데렐라가 아래쪽을 내려다보았더니 낡은 누더기 작업복이 새와 나무와 빗방울이나 눈물방울 같은 수정이 수놓인 아름다운 파티 드레스로 바뀐 거야. 실크로 만든 드레스 옷자락에서 움직일 때마다 물 흐르는 소리가 났어. 빛깔은 하루가 저물 무렵의 하늘처럼 파란색에, 더 깊은 파란색에, 거의 검을 정도로 짙은 파란색에 옅은 구름이 떠 있는 빛이었어.

신데렐라는 저녁을 닮은 소녀처럼 보였고 또 소녀가 된 저녁처럼 보이기도 했단다.

파티에 갈 때 입는 드레스를 이브닝드레스라고 부르기도 하는데 이브닝이 '저녁'이라는 뜻이거든. 그러니까 이 드레스는 구름이 흐르고 샛별이 고개를 내밀고 초승달이 떠 있고 까만 새들이 단 언저리를 따라 W 자 모양을 만들며 날아가고 온통 파란 '진짜' 이브닝드레스인 거야. 신데렐라가 움직일 때마다 별이 반짝이고 천에서 사르륵 소리가 났지.

"이 일 할 때가 제일 즐겁다니까."

대모 요정이 말하더니 또 낄낄 웃었어.

신데렐라는 아름다운 드레스 차림으로 눈부신 마차에 올라타려다가 멈칫하며 말했어.

"아, 그런데 아직 맨발이에요."

대모 요정이 요술봉을 한 번 더 흔들고 또 한 번 낄낄 웃자 신데렐라의 더러운 맨발이 깨끗해져서 마차처럼 짙은 파란색 유리로 만든 구두 안에 쏙 들어가 있었어. 썩 편하지는 않고 단단한 마루나

돌 위를 걸을 때에는 큰 소리가 났지만 그래도 아주 특별해 보이는 구두였지.

• ◆ •

다 같이 출발했어. 달리고 싶은 말 여섯 마리가 경쾌하게 발맞춰 달리도록 마차꾼이 말을 몰았어. 돌포장 길 위에서 말발굽을 따가닥거리며 캄캄한 마을을 가로질러 성을 향해 달렸지.

이토록 찬란한 마차에 근사한 말들을 거느리고 뒤늦게 도착한 손님에게 초대장을 보여 달라는 사람은 아무도 없었지. 그래서 신데렐라는 무도회장으로 들어가 춤을 췄어. 신데렐라도 춤을 출 줄 알았어. 추수 축제 때에 시장 광장에서 춤을 배웠고 의붓 언니들이 댄스 수업 받는 걸 구경하기도 했고 일할 때 부엌에서 혼자 춤을 추다가 우편물 배달하는 남자아이나 신문 배달하는 여자아이가 부엌문을 두드리면 같이 추기도 했거든.

신데렐라는 드럼 세 대, 튜바 네 대, 트럼펫 다섯 대, 바이올린 여섯 대, 하프 일곱 대, 기타 여덟 대, 플루트 아홉 대로 연주하는 아름다운 음악에 맞춰 수없이 많은 사람들과 어우러져 무도회장을 빙글빙글 돌며 춤을 췄어. 드레스를 입은 사람들이 빙글빙글 도는 모습을 위에서 봤다면 활짝 핀 꽃이 빙빙 도는 것처럼 보였을 거야. 새틴 재킷과 벨벳 반바지를 입고 양단 모자를 쓴 사람들은 아직 활짝 피기 전 오므린

봉오리처럼 보였지.

그다음에 신데렐라는 왕자와 춤을 췄어. 빙글빙글 돌고 또 돌았어.

네버마인드 왕자는 아주 멋진 새틴 바지를 입었고 아주 다정한 웃음을 지었어. 둘이 잠깐 이야기를 나누었는데, 왕자가 신데렐라에게 이름이 뭐냐고 물었어. 신데렐라는 왕자가 자기가 누구인지 알면 비웃거나 사람들이 보는 앞에서 쫓아낼까 봐 겁이 났어. 그래서 그런 일이 벌어지기 전에 도망갔지. 냅다 뛰어서 무도회장을 빠져나왔다는 말이야. 신데렐라가 뛰다 보니 구두가 벗겨졌어. 한 짝은 주웠는데 나머지 한 짝은 무도회장에 남겨 두고 올 수밖에 없었어. 자기가 성

아래 마을에 사는 부엌데기 신데렐라라는 사실을 왕자에게 밝히고 싶지는 않았거든.

신데렐라는 어둠 속에서 맨발로 달려 마차에 올라탔고 마차꾼은 말들에게 호령을 했고 말구종들도 얼른 마차에 올라탔어. 말들이 콧김을 씩씩거리며 따가닥따가닥 달려 눈 깜짝할 사이에 집에 돌아왔지.

3

# 도마뱀

Lizards

파란 대모 요정이 문을 열어 주며 즐거웠냐고 물었어. 신데렐라는 "네."라고 대답했다가 또 "아니요."라고도 했어.

"화려한 옷과 호화로운 접시와 다채로운 케이크와 눈부신 거울과 찬란한 불빛을 구경하는 게 재밌었어요. 그런데 도마뱀이 말구종이 되고 생쥐가 말이 되는 걸 보는 게 훨씬 더 재미있었어요."

대모 요정은 모두가 자유롭고 가장 자기다운 모습이 될 수 있게 돕는 것이 진짜 마법이라고 했어. 그러더니 말들한테 말이 되고 싶으냐고 물었어.

말 다섯 마리는 대모 요정은 알아들을 수 있지만 우리 대부분은 못 알아듣는 말의 언어로, 한밤중에 아무 무서운 것 없이 달리니까 좋았고 덩치로 누구에게도 꿀리지 않는 것도 마음에 든다고 대답했어. 여섯 번째 말은 자기도 재미있긴 했는데 집에 새끼 쥐들이 기다리고 있어서 집으로 돌아가고 싶다고 했지. 대모 요정이 이해가 간다는 듯 고개를 끄덕이자, 여섯 번째 말은 갑자기 스스슥 크기가 줄어들더니 갈기가 사라지고 북실북실한 꼬리는 짧은 솜털이 돋은 분홍색 꼬리로 바뀌었어. 이제 원래 모습으로 돌아온 거야. 분홍색 발의 조그만 회색 생쥐는 벽 속 둥우리에 있는 작디작은 분홍색 아기들에게 하룻밤 동안 말이 되었던 신비한 이야기를 들려주러 쪼로록 달려갔어.

그러자 도마뱀들이 조용한 도마뱀 말로 말했어. 도마뱀으로 사는 것보다 더 좋은 건 없다고. 벽을 타고 기어오르고 따뜻한 날 햇볕에 누워 파리를 잡아채서 먹고 올빼미와 까마귀 말고는 어떤 것도 겁낼 필요가 없으니까. 은빛 새틴 옷을 입고 파티에 가는 게 즐거웠고 신데렐라를 도와줄 수 있어서 기뻤고 다른 도마뱀 친구들한테 자랑할 생각이지만, 그래도 다시 도마뱀으로 돌아가고 싶다고 했어. 그러자 갑자기 전부 도로 도마뱀이 되어 짧은 도마뱀 다리로 긴 도마뱀 꼬리를 끌며 마당으로 후다닥 흩어졌어. 날렵한 도마뱀 몸뚱이 비늘 위에서 달빛이 은빛으로 반짝였지.

마차꾼 여자는 자기는 마차꾼으로 남고 싶다고 했어. 자기 새끼 쥐들은 다 자라서 세상으로 나갔고, 쥐로 살 때도 모험을 많이 했지만 마차꾼으로 살면 더 많은 모험을 할 수 있을 테니까. 그래서 마차꾼은 벨벳 제복 차림으로 남았어. 마차꾼은 말들을 마구간으로 끌고 가 귀리를 한 양동이씩 푸지게 퍼 줬어.

이번에는 신데렐라 차례지. 신데렐라는 자기 옷을 내려다보더니 말했어.

"몇 시간 뒤에 아침 준비를 해야 하는데 이런 아름다운 옷을 입고 일할 수는 없어요. 음식이 묻을 수도 있고 치맛자락에 불이 붙을 수도 있는 데다가 거추장스럽기도 해서요."

순식간에 신데렐라는 낡은 누더기 옷차림으로 돌아갔고 곁에는 아무도 없이 혼자 남아 있었지. 이 옷을 입고라면 얼마든지 개하고 어울려 놀고, 호두나무를 타 오르고, 옷에 묻을까 걱정 없이 케이크를 만들고, 도마뱀이 햇볕을 쪼이는 텃밭에서 밭일을 할 수도 있지. 원래 모습으로 돌아오고 나자 신데렐라는 이게 다 꿈이었나 하는 생각마저 들었어. 그런데 주머니에 파란 유리 구두 한 짝이 그대로 남아 있었어. 신데렐라는 유리 구두를 부엌 서랍에 넣어 두었어.

# 친구

Friends

네버마인드 왕자는 아주 예의 바른 사람이어서 자기가 손님을 놀라게 하는 바람에 손님이 구두 한 짝을 놓고 가 버린 게 미안했어. 그래서 파티에 온 사람들에게 묻고 또 물었지만 그 손님의 이름이 무엇인지 어디에 사는지 아는 사람이 아무도 없었어. 그래서 이튿날 멋진 검은색 암말을 타고 직접 나서서 집집마다 문을 두드리고 그 구두를 신었던 사람이 여기 사냐고 물었지.

"아뇨." 강가 넓은 벽돌집에 사는 사람들이 말했어.

“아뇨.” 언덕 위 회색 저택에 사는 사람들이 말했어.

“아뇨.” 숲 옆 높은 탑에 사는 사람들이 말했어.

“아뇨.” 한없이 넓게 펼쳐진 금빛 밀밭 옆 잘 지은 농가에 사는 농부가 말했어.

“아뇨.” 똑딱거리는 시계가 가득한 작은 집에 사는 시계공이 말했어.

“아뇨.” 꿈속에서만 (그리고 그림에서만) 볼 수 있는 동물과 장소를 그린 그림이 가득한 집에 사는 화가가 말했어.

“아뇨.” 음악 소리가 흘러넘치는 집에 사는 댄스 교사가 말했어.

“아뇨.” 대장간에서 일하던 대장장이가 말했어.

“아뇨.” 참새 날개를 고쳐 주던 새 의사가 말했어.

다음으로 왕자는 신데렐라의 집에 왔어.

새어머니가 문을 열어 주었는데, 새어머니는 자기 딸들이 왕자와 가까워지기를 바라는 마음에 그 잃어버린 신발이 자기네 것일 수도 있다고 대답했지. 그래서 왕자는 응접실에 들어와 금빛 소파에 앉았고, 두 언니들이 차례로 남겨진 구두 한 짝을 신어 보았어. 그런데 언니들의 발은 구두에 비해 너무 작았어. 종일 집에 앉아 있기만 하고 강가로 달려가거나 시장에서 장을 잔뜩 봐서 바구니에 담아 들고 오거나 하지 않으니 발이 튼튼하게 자라지를 못한 거야.

신데렐라는 갓 구운 케이크와 차를 들고 응접실에 들어오다가 왕자를 봤어. 그때 문득 모든 게 너무 지긋지긋하다는 생각이 들었어. 부엌에만 있어야 하는 것도, 식탁에서 식구들과 같이 밥을 못 먹는 것도, 의붓 언니들보다 못한 존재로 여겨지는 것도, 파티에 초대받지 못하는 것도.

"그거 제 신발이에요."

신데렐라가 말했어. 다들 놀라서 신데렐라를 쳐다봤지.

왕자가 구두를 건네주자 신데렐라는 주머니에서 다른 유리 구두 한 짝을 꺼내(원래 쓸 만한 옷은 큼직한 주머니가 달려 있기 마련이거든.) 짝을 맞춰 신었어. 신데렐라의 드레스가 날마다 입던 원래 옷으로 다시 바뀐 뒤에도 구두 한 짝은 남아 있었거든. 대모 요정이 가끔 깜박하는 것도 있나 봐.

언니들은 성질을 내며 방 밖으로 나가 버렸어. 언니들은 자기가 신데렐라보다 더 대단한 존재라고 생각했거든. 어머니가 늘 모든 사람이 모든 것을 누릴 수는 없으니 넉넉히 가지려면 다른 사람 것을 가져올 수밖에 없다고 가르쳤으니까. 그런데 그 말은 사실 틀린 말이야.

제대로 나누기만 하면, 아니면 우리가 태어나기 전에 이미 제대로 나누어져 있었다면 뭐든 모든 사람에게 돌아갈 만큼 넉넉하게 있는 법이야. 음식도, 사랑도, 집도, 시간도, 크레용도, 친구도 충분히 있지.

새어머니도 나가 버리고 나자 대모 요정이 짙은 푸른색 구름을 일으키며 나타났어. 응접실 안에는 왕자와 신데렐라 그리고 신비한 힘을 가진 파란 여자밖에 없었는데도, 희한하게 왕자는 누가 새로 왔다는 걸 알아차리지 못한 것 같더라.

"그러니까 당신이 도망간 사람이군요. 왜 도망갔어요?"

왕자의 질문에 신데렐라는 부끄러워졌지만 그래도 대답했어.

"겁이 났어요. 저는 하인이라 무도회에 가면 안 되고 의붓 언니들보다 더 좋은 옷을 입으면 안 되거든요."

그런데 그때 대모 요정이 말했어.

"너는 훌륭한 판사의 딸이야. 아버지는 새 아내와 새 딸들이 너한테 잘해 주리라고 생각하고 다른 사람들을 도우러 멀리 떠났지. 또 너는 위대한 선장의 딸이야. 네 어머니의 배는 바다에서 난파되었지만 어머니는 언젠가 다른 배를 타고 집에 돌아올 거야."

대모 요정은 또 이렇게 덧붙여 말했어.

"그것도 그렇지만 누구도 부모가 어떤 사람이라서 더 훌륭하고 더 중요하다거나, 부모가 나쁜 사람이니 자식도 나쁘다고 말할 수는 없어. 누구든 자기의 말과 행동만큼 훌륭하고 중요한 거니까. 너는 생쥐에게 모질지 않고 근사한 케이크를 굽고 가슴속에 희망과 꿈이 가득한 사람이야."

"당신 꿈은 무엇인가요?"

네버마인드 왕자가 물었어.

신데렐라가 대답했어.

"내 케이크 가게가 있었으면 좋겠어요. 그리고 내가 요리할 때 쓰는 재료들을 기르는 농장에 가서 그곳 사람들을 만나보고 싶어요. 또 회색 얼룩무늬 말을 타고 싶고 배를 타고 당당하게 만으로 들어오는 어머니를 보고 싶어요."

전부 다 이룰 수 없는 아득한 일처럼 느껴졌어. 신데렐라는 서글픈 생각이 들어 얼른 다른 이야기를 꺼냈어.

"당신 꿈은 뭐예요?"

왕자에게 물었지. 왕자는 잠시 생각을 해 보더니 대답했어.

"가끔 내가 왕자가 아니었으면 좋겠다는 생각을 해요. 그러면 사람들이 나를 보면서 왜 자기들은 가진 게 부족한데 왕자는 저렇게 많이 가졌을까 생각하지 않을 테니까요. 농장 소년이 입는 옷을 나도 입고 싶어요. 그러면 내 마음대로 놀아도 아무도 나한테 새틴 바지가 더러워진다고 뭐라 하지 않겠죠. 가끔 더러워지고도 싶거든요. 혼자서 자유롭게 언덕을 쏘다니고 싶어요. (오늘도 구두 주인 찾으러 나오느라 경비병들 눈을 피해 몰래 빠져나와야 했어요.) 무언가를 길러 내는 법을 배우고 싶고 낮에 땀 흘려 일하고 밤에 푹 잘 수 있었으면 좋겠어요. 성에서는 할 일이 아무것도 없거든요. 또 친구가 있었으면 좋겠어요. 아무도 왕자와는 친구가 되지 않아요."

신데렐라가 말했어.

"나도 친구가 있었으면 좋겠어요. 시장 사람들하고는 꽤 친해서 그 사람들이 농장 이야기, 식구들 이야기를 해 주지만, 나는 날마다 부엌에서 일해야 해서 마음대로 농장에 놀러 갈 수가 없어요. 그래서 내 이름이 신데렐라가 됐어요. 부엌 불가에서 재와 검댕을 뒤집어써서."

"흠, 내가 끼어들지 않아도 마법이 이뤄지겠는데. 너희 둘이 친구가 되면 어때?"

대모 요정의 말이야.

"친구가 있으면 좋죠. 내 친구가 되어 줄래요?"

왕자가 수줍어하면서도 용기를 내어 말했어. 하지만 막상 말하고 나니 신데렐라가 싫다고 할 것 같아 괜한 말을 했다 싶었지.

그러나 신데렐라는 싫다고 하지 않았어.

"좋아요. 당신도 내 친구가 되어 준다면."

이렇게 해서 친구가 없던 두 사람 다 이제 친구가 생겼어.

# 5

# 진실과 케이크

Truths and Cakes

대모 요정은 신데렐라에게 날마다 집에서 그렇게 종일 일하고 있을 필요는 없다고 말해 주었어. 신데렐라는 그 말을 듣고 바로 부츠를 신고 회색 얼룩무늬 말에 올라탔고, 왕자는 검은 말을 탔지. 두 사람은 말을 타고 친절한 사과 농부 할아버지의 사과 밭으로 갔어. 과수원에서 사다리에 올라가 녹초가 될 때까지 사과를 땄더니 큰 바구니로 서른 바구니나 땄네. 사과 농부 할아버지는 왕자를 이웃 다른 농부들에게도 소개해 주겠다고 약속했지. 또 왕자에게 겨울에 잎이 다 떨어진 뒤에 가지치기를 할 때, 그리고 봄에 사과꽃이 활짝 피고 벌들이 분주히 돌아다닐 때 또 오라고 했어.

네버마인드 왕자는 말을 타고 집으로 갔어. 부모님에게 자기는 왕자가 아니라 농부가 되고 싶다고, 아니면 농부 왕자가 되겠다고 말씀드리겠다고 마음먹었지. 대모 요정은 신데렐라에게 아직 할 말이 남아 있었어.

"왼쪽으로 풍차가 나올 때까지 가. 다음에 길을 따라 내려갔다가 골목으로 올라가면 네 케이크 가게가 있을 거야. 가게 옆에는 다섯 칸 마구간이 있고 그 안에 회색 얼룩무늬 말들이 있지. 마차꾼은 마구간 위층에 살아."

"집에서 나와도 된다고 왜 진작 말해 주지 않으셨어요?"

신데렐라가 물었어. 대모 요정이 말했지.

"다른 애들 돕느라 나도 엄청 바빴거든. 그러다가 너희 집이 어디에 있는지 잊어버렸어. 또 나는 사람들을 도와주지만 그러려면 일단 그 사람이 도움을 청해야 돼. 너는 무도회 날 밤 전에는 도와 달라고 한 적이 없잖아."

(도움이 필요하면 다른 사람들에게 도와 달라고 부탁하는 게 좋다는 건 정말 사실이야.)

요즘 펄리타는 미용실을 열어서 사람들의 머리를 최대한 높게 올려 줘. 자기가 좋아하는 일을 하기 때문에 행복하지. 팔로마는 재봉사가 되어 양장점에서 일해. 거기에서 종일 드레스를 만드는데 아름다운 드레스를 입는 것보다 만드는 게 더 즐겁다는 걸 알게 되어 무척 만족해. 둘 다 집에 가만히 앉아 아무 일도 안 하면서 삶이 시작되기를 기다리던 때로 돌아가고 싶은 생각은 없대. 지금 하는 일을 꽤 잘들 하거든.

어느 날 의붓 언니들이 신데렐라를 찾아와서 전에 함부로 대했던 게 너무 미안하다고, 자기들이 잘못했다고 사과했어. 그러고는 앞으로 사이좋게 지낼 수 있겠냐고 물었지. 신데렐라는 언니들에게 케이크를 대접했어. 팔로마는 나중에 신데렐라에게 승마 바지를 만들어 선물했고 펄리타는 말꼬리에 바르라고 헤어크림을 가져다줬고 셋은 친구가 되었어.

모두 자기다운 사람이 되었고 새어머니도 그렇게 되었어. 새어머니는 폭풍이 몰아치는 밤 나뭇가지에서 울부짖는 소리가 되었거든. 가끔 창밖에서 그 소리가 들릴 거야. 거센 바람이 창문을 흔들고 나뭇잎을 훑을 때 "더 더 더 더" 혹은 "내 거야 내 거야 내 거야" 하는 소리가 들리지. 그러다 굶주린 바람이 잦아들면 새어머니도 다음 폭풍이 올 때까지는 사라져.

가끔은 그 울부짖음이 우리 마음이나 머릿속에서 울리기도 하고 또 잦아들기도 해. 굶주린 바람이 머릿속에서 "더 많이 필요해.", "다른 사람 것을 가져와야 해.", "빼앗아야 해." 하며 울부짖지. 누구든 힘든 사람을 도우면 대모 요정이 될 수 있고, 또 누구든 못된 새어머니처럼 될 수도 있어. 우리는 다들 마음속에 그런 굶주림이 조금은 있지만,

그래도 "나한테 넉넉히 있어."라든가 "자, 이거 가져." 또는 "잘 지내니?"라고 묻는 사람이 되려고 노력할 수도 있단다.

⋄

신데렐라는 케이크 가게를 하면서 가끔 케이크를 먹으러 온 사람들과 같이 차를 마시며 이야기를 나눠. 그럴 때 꿈이 무어냐고, 뭐든 원하는 대로 될 수 있다면 뭐가 되고 싶으냐고, 자유롭다는 건 어떤 것일 것 같으냐고 묻기도 해. 그러고 사람들이 하는 말에 귀를 기울이고 가끔 도울 수 있는 일은 돕기도 하지. 신데렐라는 마을 사람 누구나 생일이면 케이크에 초를 켤 수 있게 하고 생일 파티에도 많이 초대받을 수 있게 하려고 해.

다른 나라에서 전쟁이 벌어지는 바람에 홀로 피란을 떠난 아이들이 굶주리고 겁에 질린 채로 마을에 나타날 때도 있어. 신데렐라는 이런 아이들을 데려다가 밥을 먹이고 자기 집 다락방에 재우면서 살 집을 찾아 주고 학교에 갈 수 있게 해 줘. 나중에 아이들이 가게에 놀러 오면 늘 반겨 주고 케이크를 한 조각 크게 잘라 주고 꼭 안아 준단다. 신데렐라는 나이가 들면서 사람들 마음속에서 벌어지는 전쟁을 더 잘 이해할 수 있게 되었고 사람들이 그 전쟁에서 벗어나도록 도울 수도 있게 되었어. 신데렐라는 대모 요정은 아니지만 마법 능력이 없어도 해방자가 될 수 있었어. 해방자란 다른 사람들이 자유로워지는

길을 찾도록 돕는 사람이야.

선장인 어머니가 마침내 배를 타고 돌아왔고 신데렐라를 보고 뿌듯해했단다. 판사인 아버지도 곧 집에 돌아올 테지만, 신데렐라는 아버지와 새어머니가 같이 사는 집으로 들어가지는 않을 거야. 언젠가 신데렐라는 결혼할 거고 왕자도 결혼할 테지만, 두 사람이 결혼하지는 않을 거야. 하긴 지금은 둘 다 아직 결혼할 나이가 아니니까 그 이야기는 걱정할 필요가 없겠다.

게다가 영원히 행복하게 산다는 건 있을 수가 없고, 그냥 잠자리에서 이 이야기를 듣고 나면 오늘밤이 올 테고 다음에는 내일 아침이 오고 그리고 그다음 날, 또 다음 날이 오고, 겨울이 지나면 봄이 오고 봄이 지나면 여름이 오고, 지구는 해 주위를 돌고 도마뱀은 햇볕이 따스한 벽에 붙어 있고 생쥐는 달밤에 케이크 부스러기를 먹으러 밖으로 나오겠지.

유리 구두 한 켤레가 케이크 가게 진열장에 놓여 햇빛에 반짝이고 있어. 하지만 신데렐라는 유리 구두 대신 튼튼한 부츠를 신고 가게 계산대에 서 있거나, 아니면 회색 얼룩무늬 말을 타고 친구들을 만나러 가지.

신데렐라의 친구들로는 농부 왕자, 팔로마, 펄리타, 새 의사, 댄스 교사, 화가, 시계공이 있어. 마을 사람들이 먹을 거리를 기르는 농장 사람들, 신문을 배달하는 여자아이와 우편물을 배달하는 남자아이, 부두에서 일하는 선원들, 탑이 있는 집에 사는 선장

어머니도 있고. 또 쿠키와 사랑을 나눠 주고 자유가 어떤 것인지 이야기해 주는 신데렐라를 사랑하는 동네 아이들도 있지.

하지만 친구들은 이제 신데렐라라는 이름은 쓰지 않는대. 이제는 불똥이 튀어 구멍이 나고 재가 묻은 드레스 차림이 아니니까.

그래서 이제는 다들 원래 이름으로 불러. 이렇게.

엘라.

작가의 말

# 신데렐라의 변신

이 책도, 다른 많은 것들처럼 도서관에서 돌아다니다가 시작되었습니다. 내가 다니던 도서관 입구 근처에 중고책방이 있었는데 종종 안에 들어가 둘러보곤 했습니다. 그러다가 어느 날 책방에서 파는 작은 그림 한 장을 보았습니다. 파본이 된 동화책에서 잘라 낸 책장 한 장이었는데 신데렐라를 맨발에 파란 누더기 드레스를 입은 활달한 소녀로 그린 그림이었어요. 신데렐라는 두 팔로 거대한 주황색 호박을 안고 있었지요. 나는 아이에게 선물하면 좋겠다고 생각하면서 그 그림을 구입했습니다. 나의 굉장한 종손녀 엘라에게 줄 수도 있겠다고 생각했지요. (신데렐라(Cinderella)에서 '신더(cinder, 재)'를 빼면 '엘라'가 된다는 사실은 그때는 미처 생각 못 했고 글을 쓰는 도중에 떠올랐어요.)

나중에 이 그림을 뒤집어 뒷면에서 신데렐라 이야기의 한 부분을 읽었어요. 대모 요정이 생쥐를 말로 바꾸고 호박을 마차로 바꾼 후에 이런 대화가 나와요.

"자, 얘야. 이제 마차와 말은 있는데, 마차꾼은 어떻게 하면 좋을까?" 대모 요정이 말했습니다.

"큰 쥐덫을 가져올게요." 신데렐라가 말했습니다.

생쥐와 쥐가 다른 존재로 바뀌는 장면도 놀랍지만 신데렐라가

변신 과정에서 적극적인 역할을 하는 것도 놀라웠어요. 이 이야기가 단순히 왕자와 결혼하는 이야기가 아니라 변신에 대한 이야기라는 것을 깨달았습니다. 그리고 대모 요정과 신데렐라의 관계 등 다른 관계에 대한 이야기이기도 했고요.

이런 과정을 거쳐서 엘라를 위해 신데렐라 이야기를 다시 쓰기로 마음을 먹었고(『남자들은 자꾸 나를 가르치려 든다』도 엘라에게 헌정했어요.) 어디를 어떻게 고칠까 고민하기 시작했습니다. 변신의 매혹과 아이가 겪는 역경의 이야기는 유지하면서, 우리가 아는 결말보다 더 마음에 드는 결말을 고안해 내는 것이 관건이었지요.

신데렐라 이야기를 다시 쓰면서 여러 작가들의 일러스트레이션을 살펴보다가 영국 일러스트레이터 아서 래컴이 C. S. 에반스가 1919년에 쓴 신데렐라 이야기에 그린 삽화를 보고 푹 빠졌어요. 래컴은 그림책의 황금시대라고 불리는 시대에 활동한 가장 위대한 삽화가 가운데 한 사람입니다. 래컴은 전래 동화의 삽화도 그렸고 『피터 팬』이나 『버드나무에 부는 바람』 같은 창작 동화의 삽화도 그렸습니다. (『걸리버 여행기』나 『낚시꾼 대전(*The Compleat Angler*)』 같은 어른용 책에 들어간 삽화도 있습니다.) 채색화에는 칙칙하고 울적한 색채와 미묘한 색조가 많이 쓰였고

수풀, 숲, 덩굴, 섬세한 형태의 사람, 요정, 마녀, 동물 들이 아서 래컴의 채색 공간 안에서 변신하고 도망가고 고생하고 날아가고 뻗어 가고 얽히지요. 실루엣 그림은 더 대담하고 단순합니다.

오래전부터 좋아했던 아서 래컴의 작품을 새로운 세대와 같이 즐길 수 있게 되어 무척 기쁩니다. 에반스가 쓴 신데렐라 이야기는 감상적이기도 하고 미덕과 아름다운 외모와 높은 신분이 대략 같은 것이라고 생각하는 경향이 있어 바꿀 필요가 있었고, 또 래컴의 이미지 중에서도 의붓 언니들을 터무니없이 우스꽝스럽고 추하게 그린 그림들은 매력이 덜 하기 때문에 여기에서는 쓰지 않았습니다. 하지만 래컴의 일러스트레이션은 아름다운 것은 물론이고 다른 장점과 놀라움도 지니고 있습니다. 실루엣을 이용했기 때문에 다른 이미지처럼 인종이 결정되어 있는 것처럼 느껴지지 않습니다. (재미있게도 한 세기 전에 그린 래컴의 그림을 오늘날 활동하는 흑인 화가 카라 워커의 작품으로 착각하거나 워커의 잔혹하고 충격적인 실루엣 그림의 모작이라고 생각하는 사람들도 있었습니다. 사실은 카라 워커의 작품이 이전 시대에 인기 있었던 실루엣 양식을 의식적으로 인용한 것이지요.)

또 래컴이 묘사한, 해진 옷을 입고 일하는 아이의 모습에 마음이 움직였습니다. 홀로 국경을 넘은 중앙아메리카 난민 아이들, 또 내가 사는 곳에서 흔히 볼 수 있는 이주민 가정부들, 입양 아동들, 불안정하고 냉혹한 환경에서 하루하루를 살아야 하는 모든 아이들, 집에서도 외부인 취급을 받는 사람들, 가정이 가장 위험한 공간인 사람들, 집이 없는 사람들을 생각했습니다.

래컴이 실루엣으로 그린 소녀의 기백도 마음에 들었습니다. 신데렐라는 누더기 옷을 입었지만 활기가 넘치고 씩씩하게 노동을 하고 진심을 다해 뛰어놉니다. 곤경에 처했지만 좌절하지 않습니다. 우리 시대에 맞게 신데렐라 이야기를 하려면, 혹사와 모멸적 노동의 해결책이 왕자비가 되어 다른 사람의 노동에 기대어 일을 안 하고 사는 것일 수는 없고, 대신 존엄을 지킬 수 있으며 스스로 하고 싶은 의미 있는 일을 하는 것이 되어야 한다는 생각이 들었습니다. 케이크 가게는 신데렐라가 독립할 수 있도록 해 주었을 뿐 아니라, 그곳에서 다른 사람들을 만나고 도울 수 있는 힘을 주기도 했습니다.

오늘날 우리가 사는 시대에는 결혼을 어떻게 하느냐에 따라 여자의 경제적 지위와 신분이 결정되지 않으니 왕자와 결혼하는 부분도 없어져야 했지요. 게다가 왕자도 해방이 필요한 사람이었으니까요. 그 점에서는 의붓 언니들도 마찬가지였지요. 새어머니는 그렇게 될 수 없었던 까닭은,

새어머니가 바로 우리 모두의 모습이기 때문입니다. 새어머니는 충족될 수 없는 갈망과 이기심의 현현입니다. 풍족한 이들 사이에서 궁핍감을 느낄 때 우리는 누구나 새어머니처럼 됩니다.

나는 해방에 대한 이야기를 쓰고 싶었습니다. 키앙가-야마타 테일러가 『우리는 어떻게 자유로워지나: 흑인 페미니즘과 컴바히강 콜렉티브(*How We Get Free: Black Feminism and the Combahee River Collective*)』라는 책에서 말하는 의미에서, 혹은 불교에서 "모든 존재의 해방"이라고 부르는 의미에서요. 나는 따뜻한 이야기를 쓰고 싶었기 때문에 다른 동화에서 동물들에게 잘해 주는 것을 잘한 일로 보는 내용을 가지고 왔습니다. 좋은 사람은 당연히 그렇게 하기 때문이기도 하지만 동물들이 보답을 한다고 설정하면 편리하기도 합니다. 또 모든 사람들이 자유롭게 자기가 될 수 있는 최상의 상태가 되게 하고 싶었어요. 그래서 이 책의 제목을 『해방자 신데렐라』라고 붙였습니다. 「헝거 게임」의 캣니스 에버딘, 「매드 맥스」의 사령관 퓨리오사, 「연인」이나 「동방삼협」 같은 홍콩 액션 영화에 나오는 여자들처럼 생산과 파괴 수단을 손에 쥐고 암사자처럼 세상을 헤쳐 나가는 강력한 여자들을 떠올리게 하는 단어지요.

처음에는 엘라를 위해서 이 이야기를 쓰기 시작했지만, 곧 어머니가

나무가 되고 오빠들이 백조가 되고 동물들이 대화를 나누고 여자아이가 말을 하면 입에서 보석과 진주가 쏟아지는 옛날이야기를 좋아하는 모든 사람들을 위해 쓰게 되었습니다. 이런 이야기 속에서 마법이란 우리 모두가 혼자 힘으로 늘 이루어야 하는 스스로의 변화의 과정과 다르지 않지요. 또 옛이야기에서는 삶이 우리에게 부여하는 거대한 목표가 명확하고 극적으로 제시됩니다.

그래도 이 책은 엘라와 엘라의 동생 마야, 그들의 엄마이자 나의 첫째 조카 어맨다를 위한 책입니다. 또 이야기를 좋아하는 샘, 캣, 애틀러스, 초고를 읽어 준 찰리, 엘레나, 버클리, 더스티, 오스카, 가장 먼저 원고를 읽어 준 아나 테레사 페르난데스를 위한 책입니다. 아나 테레사 페르난데스는 신데렐라의 구두를 얼음으로 만들어 녹을 때까지 신고 있는 인상적인 행위예술로 더욱 격렬한 방식의 동화 다시 쓰기를 보여 주었습니다. (얼음 구두를 신은 페르난데스의 발 사진이 우리 집 잘 보이는 자리에 걸려 있습니다. 그러니 나는 꽤 오래전부터 신데렐라의 개작과 함께 살아온 셈이네요.)

또 이 책은 나의 할머니 줄리아 월시 앨런과 아이다 재커라이어스 솔닛을 위해 쓴 책입니다. 두 분 다 어머니 없이 관심을 못 받고 자랐고 교육도 많이 받지 못했습니다. 두 분 다 사랑 대신 멸시를 받았던 성장

과정의 부정적인 영향을 떨쳐 버리지 못했어서, 이미 오래전에 세상을 뜨셨지만 황폐한 영향이 아직까지 느껴집니다.

외할머니 줄리아는 부모님 대에 이민을 왔는데 어머니가 아기를 낳다가 세상을 뜨는 바람에 브루클린에서 친척들 손에 자랐습니다. 6학년까지밖에 다니지 못하고 세탁부로 일했습니다. 같은 집에 사는 사촌 자매들은 공부를 계속했지만요.

친할머니 아이다는 홀로 국경을 넘은 난민 아동이었습니다. 부모님과 헤어져서 남동생을 데리고 러시아-폴란드 국경을 넘어 몇 년의 방랑 끝에 열다섯 살 때 로스앤젤레스에 도착했습니다. 오래전에 헤어진 아버지와 새어머니를 만나게 되었는데 그 집에서 하인 취급을 받으며 살았어요.

두 분의 비극은 한 세기도 더 지난 옛날 일이지만, 이 책은 또 과도한 노동에 시달리고 함부로 취급받는 아이들, 혼자라고 느끼는 아이들에 대한 사랑과 해방의 희망에 대한 책이기도 합니다. 아이들이 자기 자신의 이야기를 쓸 수 있게 되기를, 그 이야기가 사랑과 해방의 이야기가 되기를 고대하면서 쓴 책입니다.*

*『신데렐라』는 아주 오래된 이야기입니다. 버려진 아이가 다시 안락한 삶으로 돌아가는 원형적 이야기의 한 버전이지요. (아르네-톰프슨-우터 민담 분류 체계에서는 510A번 '박해받는 여주인공' 유형으로 분류합니다.) 1893년 메리언 로알프 콕스는 신데렐라 이야기를 집대성해서『신데렐라: 신데렐라, 고양이 가죽, 골풀 모자 등 345가지의 변형 이야기 요약 정리(*Cinderella: Three Hundred and Forty-Five Variants of Cinderella, Catskin, and Cap o'Rushes, Abstracted and Tabulated*)』라는 제목의 책을 펴냈습니다. 고대 이집트와 그리스 이야기도 있고 마술 물고기와 황금 신이 나오는 9세기 중국 이야기도 있고 12세기 프랑스어, 노르웨이어, 독일어, 이탈리아어 등 여러 유럽어로 된 다양한 민담이 있습니다. 노르웨이 민담에서는 마법의 힘을 가진 말하는 황소가 대모 요정 역할을 합니다. 독일어 버전인『아셴푸텔(Aschenputtel, 재투성이)』에서는 여주인공의 죽은 어머니 무덤에서 나무가 자라나고 나무에 새가 모여들어 새들이 여주인공을 도와주고 금과 은으로 된 드레스를 줍니다. 나중에는 의붓 언니들의 눈을 쪼고요. 러시아어판은『놀라운 자작나무』라고 하는데 어머니 무덤에서 나무가 자라고 어머니가 돌아옵니다. 폭력적이고 잔인한 복수가 이루어지는 판본도 있고 사악한 마녀가 나오고 대모 요정은 안 나오는 판본도 있고, 신분 상승 결혼에 초점을 맞춘 볼썽사나운 현대판도 있고, 그 밖에도 헤아릴 수 없이 많은 변형이 있습니다.

그리고 이제 하나가 더 생겼네요. 시간을 들여 읽어 준 모든 분들에게 고마운 마음입니다.

## 옮긴이의 말

리베카 솔닛이 쓴 신데렐라라니요. 이런 책이 있다는 이야기를 들었을 때 아마 독자 여러분도 나처럼 고개를 갸웃했을 것 같습니다. 그 악명 높은 옛날이야기. 너무 많이 반복되어 진부하기 그지없는 이야기. 그런 신데렐라라니요. 한편 내가 어릴 적에 가장 좋아했던 옛날이야기. 나의 길티 플레저. 신데렐라라니요.

'신데렐라'라고 하면 내가 아주 어릴 때 잠시 가졌던 그림책 『신데렐라』가 아직도 영원한 기억처럼 떠오릅니다. A4 용지 정도 되는 크기에 실제본된(그때는 그런 말은 몰랐지만요.) 두툼한 책이었습니다. 그 책에도 이 책처럼 아름다운 일러스트레이션이 많았겠지만 아직까지 기억에 남아 있는 그림은 단 하나뿐입니다. 멋지게 변신한 신데렐라의 모습이 책장 한 면을 꽉 채우고 있었습니다. 치맛자락이 넓게 펼쳐졌고 초콜릿색 바탕에 분홍색 리본과 반짝이는 보석이 가득 달린 신데렐라의 드레스를 넋을 잃고 보았던 기억이 납니다. 내 기억에 그때는 주변에서 아름다운 것을 볼 기회가 그렇게 많지는 않았거든요.

그 뒤에도 나는 평범한 아이답게 로맨스 소설이나 영화 등으로 끊임없이 신데렐라 서사를 소비하고 달콤한 상상에 빠지면서 성장했지요. 지금은 당연히 그게 허상이라는 걸 알 만큼 나이 들었고, 신데렐라 이야기라면

자동으로 경계할 만큼 노회했지만(지금은 신데렐라가 변신하고 무도회에 가는 뒷부분보다는 가사노동에 시달리는 앞부분에 훨씬 크게 공감합니다.) 그래도 신데렐라가 변신하는 순간의 아름다움, 그 짜릿한 쾌감까지 부인할 수는 없을 것 같습니다. 나도 언젠가는 발견될 거라는 기대를 품고 현재의 괴로움을 견디는 방법이었으니까요.

그래서 내가 아이를 낳고 그림책을 읽어 줄 때, 신데렐라 같은 전래 동화에 문제가 있다는 걸 알면서도 이건 읽어 주면 안 되겠다 하고 뒤로 치워 놓지는 않았던 것 같습니다. 내가 어렸을 때 사랑했던 이야기니까, 그 경험까지 빼고 싶지는 않았습니다. 여성에 대한 시각의 문제점은 아이들이 다른 책도 읽고 세상을 경험하면서 스스로 깨닫기를 기대했습니다.

사실 아이들이 밥처럼 읽고 들으며 자라는 전래 동화에 소수자에 대한 편견, 성적·인종적·계급적·문화적 차별이 깊이 스며들어 있는 것에 문제의식을 느끼고 '동화 다시 쓰기' 작업을 해 온 것은 꽤 오래된 일입니다. 내가 대학에 다닐 즈음에는 『정치적으로 올바른 베드타임 스토리』 같은 책이 베스트셀러가 되기도 했는데, 취지에 공감하는 것과 별개로 이야기가 생경하고 인위적인 느낌이 들어서 이 이야기로 대체하고 싶지는 않다고 생각한 것이 기억납니다.

『해방자 신데렐라』도 일종의 이런 '동화 다시 쓰기'인데, 이 책을 읽고 나니 '정치적으로 올바른 신데렐라'가 만족스럽지 않았던 까닭은 책이 아름답지 않았기 때문이라는 걸 알았습니다. 반면 『해방자 신데렐라』는 아서 래컴의 일러스트레이션도 아름답지만, 리베카 솔닛이 글로 그린 그림도 한없이 머무르고 싶을 만큼 즐겁습니다. 신데렐라의 드레스를 묘사하는 구절은 내가 미화해서 기억하는 어릴 적 그림책 삽화와도 비교할 수 없을 정도로 무한히 아름다웠습니다. 이 책을 번역하는 일이 얼마나 즐거웠는지는 말할 필요가 없을 것 같네요. 그리고 힘든 삶 속에서도 따뜻한 마음을 잃지 않으며 아름다운 것을 꿈꾸는 이야기를 죄책감 없이 사랑할 수 있게 된 것도 기쁩니다.

2021년 4월

홍한별

추천의 말

# 불의 온기를 나누는 새로운 해방자

김지은(아동문학 평론가)

신데렐라 이야기를 모르고 성장하는 어린이는 전 세계적으로 거의 드물 것입니다. 기원전 6세기 무렵에 이집트에서 이미 신데렐라와 비슷한 '로도피(Rodopi 또는 Rhodope)'라는 이야기가 있었다고 하고, 845년 무렵 중국에서 발견된 설화집 『유양잡조(酉陽雜俎)』에 「섭한(葉限)」이라는 신데렐라와 유사한 구조의 이야기가 기록으로 남아 있다고도 합니다. 여러 사람의 기억에 의지해서 여기저기로 옮겨지다 보면 이야기가 조금씩 달라지는 것은 당연하겠지요. 그중에서도 어느 정도 표준이 되는 이야기를 일컬어 원본이라고 하고요. 원본에 견주어 보았을 때 글자나 내용이 약간 달라진 경우를 이본(異本)이라고 부릅니다. 신데렐라는 이본이 많기로도 유명합니다. 1893년에 메리언 로알프 콕스는 『신데렐라』라는 책을 통해 신데렐라의 이본이 최소한 345가지나 된다는 것을 밝힙니다. 민속학자인 안나 비르기타 루트는 1951년에 다양한 신데렐라를 분석해서 스웨덴 웁살라 대학교에서 박사학위를 받았는데요. 그는 이 논문에서 무려 700여 편의 신데렐라를 유형별로 다루고 있습니다.

우리나라에 신데렐라 이야기가 소개된 지도 벌써 100년 가까이 되었습니다. 방정환은 1922년에 『사랑의 선물』이라는 명작 동화집에 「산드룡의 유리구두」라는 제목으로 신데렐라 이야기를 실었습니다. 샤를

페로가 1697년에 발표한 「상드리용 또는 작은 유리 신(Cendrillon ou La petite pantoufle de verre)」의 일본어 번역본을 읽고 옮겨서 다시 창작한 것입니다. 독일의 그림 형제가 쓴 신데렐라 이야기인 「아셴푸텔」을 「재투성이 왕비」라는 제목으로 옮겨 온 작품도 1923년에 독자들을 만납니다. 아마 오늘도 어디에선가 신데렐라는 다시 전해지고 있을 것입니다.

뭐니 뭐니 해도 신데렐라 이야기를 전문적으로 사랑하는 사람들은 역시 세계 곳곳의 어린이 독자들일 것입니다. 어린이들에게 신데렐라를 아느냐고 물으면 당연한 것을 왜 묻느냐는 눈빛으로 저마다 좋아하는 장면을 말합니다. 호박 마차 장면은 인기가 높은 편입니다. 신데렐라의 작은 발에만 구두가 꼭 맞는 대목이 두근거린다고 말하는 어린이들도 있습니다. 신데렐라는 어떤 사람이냐고 물으면 "밤 12시 안에는 집에 되돌아와야 해서 정신없이 뛰는 사람", "시커먼 재를 뒤집어쓰고 청소하는 사람" 등 여러 가지 대답을 들려줍니다. 이러한 이미지에 가장 큰 영향을 끼친 것은 아마도 디즈니 애니메이션일 것 같습니다. 그러나 신데렐라는 여기서 멈추지 않고 2021년을 통과해서 미래로 달려갑니다. 이미 천 편이 넘게, 어쩌면 수천 편이 넘게 존재할지도 모르는 이야기에 새로운 의미를 붙이는 일은 쉽지 않은 도전일 텐데요. 리베카 솔닛은 그 일을 했습니다. 그가 찾아낸 신데렐라의 새로운 얼굴은 ‘해방자’ 신데렐라입니다.

인류는 불을 다루기 시작하면서 추위와 굶주림과 위험에서 벗어나 전과 다른 존재로 자유롭고 당당하게 살아가게 되었습니다. 신데렐라는 불을 다루는 여성입니다. 또래 친구들과 밖에 나가 놀고 싶은데도 혼자만 아궁이 앞에서 일해야 한다는 것이 슬프기도 했지만, 어려운 일에 집중하는 시간은 신데렐라를 남보다 더 멋진 사람으로 키워 냈습니다. 신데렐라에게 좋은 양육자는 없었지만 현명한 동료가 되어 준 이웃들이 있었습니다. 기운 세고 솜씨도 뛰어난 사람이 된 것입니다. 물론 신데렐라의 주위에도 힘을 키우는 것이나 일의 지혜는 소용이 없으며 세상에서 가장 아름다운 여자가 되면 가장 행복해질 거라고 생각하는 사람들이 없었던 것은 아닙니다. 그러나 신데렐라는 그렇게 생각하지 않았어요. 아름다움에는 여러 종류가 있고, 세상에서 가장 아름다운 사람이란 있을 수가 없으니까요. 신데렐라는 그 자체로 아름다운 사람이었습니다.

리베카 솔닛은 이야기 안에서 왕자도 전과 다른 사람으로 그려 냅니다. ‘네버마인드’라는 이름을 가진 왕자는 자신이 놀라게 한 손님이 구두를 떨어뜨리고 간 것이 미안해 구두 주인을 스스로 찾아주고자 애쓰는 예의 바른 사람입니다. 동네를 돌면서 집집마다 문을 두드리고 ‘구두를 신었던 사람’이

있냐고 물어봅니다. 신데렐라의 집에 찾아오는 장면에서 왕자는 정확하게 '구두의 주인'을 찾는 일에만 관심을 가집니다. 그리고 다른 두 언니보다 열심히 일을 해서 남달리 튼튼하고 큰 발을 가지고 있던 신데렐라가 그 큼지막한 구두의 주인임이 밝혀집니다. 가볍게 지나치기 쉽지만 무척 통쾌한 대목입니다. 그동안 수많은 신데렐라가 공들여 전승한 '작은 구두가 맞는 여성이 왕자의 신붓감'이라는 편견은 여기서 부서집니다. 여성은 신붓감이 아니고 누군가를 위해 일부러 작은 발을 가질 이유도 없습니다.

리베카 솔닛의 신데렐라에게도 행운이 찾아옵니다. 그러나 그 행운을 신데렐라는 잘 놀고 큰 꿈을 꾸는 일에 씁니다. 구두를 찾는 과정에서 왕자와 좋은 친구가 되지만 그건 서로의 꿈을 응원하는 우정이라는 선물 그 이상도 이하도 아닙니다. 신데렐라는 그동안 불을 다루며 익힌 기술을 바탕으로 자신만의 케이크 가게를 차리기로 결심하고, 왕자는 '땀 흘려 일하면서 무언가를 길러 내는 법'을 배우고 싶어서 씩씩하고 능숙한 신데렐라에게 조언을 청합니다.

신데렐라가 자신을 옭아매던 집을 나오면서 이 이야기는 더욱 즐거운 방향으로 나아갑니다. 대모에게 "집에서 나와도 된다고 왜 진작 말해 주지 않으셨어요?"라고 신데렐라가 묻는 장면은 인상적입니다.

'리베카 솔닛만의 신데렐라'를 가로지르는 핵심적인 질문입니다. 자기다운 사람이 되기 위해서 우리는 집을 나와야 합니다. 이 집은 단순히 살고 있는 곳을 의미하는 것은 아닙니다. 우리가 꼭 지켜야 한다고 생각했던 갑갑한 고정관념의 집, 내 꿈을 펼치지 못하고 억누르며 살아야만 했던 수동적인 집을 의미합니다. 집을 나온 신데렐라는 수많은 옛이야기들처럼 화려한 삶을 살지는 않습니다. 하지만 남을 괴롭히기보다는 "잘 지내니?"라고 물을 수 있는 넉넉한 사람들을 만나 그들과 이야기를 나누고 다정한 파티를 열기도 합니다.

우리는 리베카 솔닛의 신데렐라를 통해서 해방자의 의미를 다시 배웁니다. 대단히 화려한 것도 아니고 대단히 위험한 것도 아닙니다. 해방자는 불을 다루는 사람입니다. 마음의 불을 일으켜 꺼져 버린 줄 알았던 꿈에 불을 붙이고 자유를 찾아 나서며 다른 사람과 그 불의 온기를 나누는 사람입니다. 신데렐라의 모닥불은 이 책 안에서 멋지게 새롭게 타오릅니다. 그리고 그의 이름은 '깜부기불'이라는 의미의 '신더'를 떼어 내고 '엘라'가 됩니다. 우리는 이제부터 신데렐라를 용감한 엘라의 이야기로 기억할 수 있게 되었습니다.

## 해방자 신데렐라

1판 1쇄 펴냄 2021년 5월 31일
1판 6쇄 펴냄 2024년 4월 15일

글 리베카 솔닛
그림 아서 래컴
옮김 홍한별

편집 최예원 박아름 최고은
미술 김낙훈 한나은 김혜수
전자책 이미화
마케팅 정대용 허진호 김채훈 홍수현 이지원 이지혜 이호정
홍보 이시윤 윤영우
저작권 남유선 김다정 송지영
제작 임지헌 김한수 임수아 권순택
관리 박경희 이지은 김지현

펴낸이 박상준
펴낸곳 반비

출판등록 1997. 3. 24.(제16-1444호)
(06027) 서울시 강남구 도산대로1길 62 강남출판문화센터
대표전화 515-2000 팩시밀리 515-2007
편집부 517-4263 팩시밀리 514-2329


ISBN 979-11-91187-89-2 (03840)

반비는 민음사출판그룹의 인문·교양 브랜드입니다.

만든 사람들
책임편집 조은
디자인 박연미